MONDE ★ ENCHANTÉ

Disney · PIXAR

ALERTE ROUGE

hachette
JEUNESSE

Dans la famille de Meilin Lee, la règle
la plus importante est d'honorer ses aînés.
Depuis toute petite, Mei travaille dur
et essaie toujours de faire de son mieux
pour rendre fiers ses parents.

Maintenant qu'elle a treize ans, Mei adore passer du temps avec ses amies, Priya, Miriam et Abby. Elles s'amusent en dansant et en chantant. Et elles n'hésitent jamais à manifester pour faire entendre leur voix.

Même si Mei doit rentrer rapidement à la maison après l'école, ses amies l'entraînent aujourd'hui jusqu'à la supérette du coin pour espionner Devon, le vendeur.

– Comme il est mignon ! soupire Miriam.

– Je préfère les 4*Town, dit Mei en brandissant un magazine présentant leur groupe de chanteurs préféré.

– Peut-être, mais les billets pour leur concert coûtent au moins un milliard, objecte Priya. Alors que Devon, lui, est juste là.

Lorsque Mei arrive chez elle, Ming, sa mère, lui bondit dessus :
– Mei-Mei ! Tu es en retard. Que s'est-il passé ? Tu es blessée ?
Ming rassurée, mère et fille se rendent au temple familial
pour honorer leur ancêtre Sun Yee.

Dans la soirée, Mei repense à Devon
et se dessine avec lui sur son cahier.
– Mais... c'est le vendeur de la supérette !
s'écrie sa mère en découvrant les croquis.
Ming, en colère, traîne alors sa fille jusqu'au magasin.
Là, elle montre les dessins à Devon et ses clients.

De retour chez elle, Mei pousse des cris dans son oreiller, furieuse et honteuse d'avoir déçu sa mère.
Elle passe une nuit agitée, et fait de terribles cauchemars.

Le lendemain, Mei se lève puis se dirige vers la salle de bains. Mais lorsqu'elle se voit dans le miroir, elle pousse un hurlement. La jeune fille s'est transformée en panda roux géant !

En entendant le cri de sa fille, Ming vient aux nouvelles.
– Tout va bien, chérie ?
Mei rassure sa mère, et, dès que la voie est libre, elle file se réfugier dans sa chambre. Heureusement, la jeune fille comprend vite que le fait de se calmer fait disparaître le panda.

Pour aller à l'école, Mei cache ses cheveux devenus roux
sous un bonnet. Mais en voyant que Tyler, son pire ennemi,
a affiché un peu partout des copies de ses dessins,
elle se met en colère et le panda s'apprête à réapparaître.

Alors que Mei se calme et entre en cours, elle voit sa mère qui attire son attention depuis l'extérieur. Lorsqu'un agent de sécurité commence à la poursuivre, Ming l'appelle à l'aide.

– Mei-Mei ! C'est maman !

Humiliée, la jeune fille se transforme en panda roux géant.
Pouf ! Des nuages roses emplissent la classe
et des feuilles de papier volent dans tous les sens.

Vite, Mei s'échappe de l'école !
Elle grimpe au sommet d'un immeuble
et se fraie un chemin sur les toits, essayant
désespérément de regagner sa maison.
– Je dois me cacher ! dit-elle
en accélérant l'allure.

Une fois chez elle, ses parents lui apprennent la vérité.
Les dieux ont transformé son ancêtre Sun Yee en panda,
et chaque femme de la famille a hérité de ce pouvoir.
– Tout est ta faute ! hurle Mei au portrait, folle de rage.

Heureusement, il existe un rituel, à accomplir durant la prochaine lune rousse, pour enfermer l'esprit du panda dans un médaillon.
– D'ici là, dit Ming, contrôle tes émotions ou tu changeras de forme.

Dans sa chambre, Mei reçoit la visite d'Abby, Miriam et Priya. C'est ainsi que les jeunes filles découvrent sa forme de panda ! Les trois amies rassurent Mei : elles ne diront rien à personne. Elles chantent et dansent pour lui remonter le moral.

Mais, dès le lendemain, l'adolescente se transforme, toute l'école apprend son secret... et le panda fait fureur ! Lorsqu'elle demande à ses parents de la laisser aller au concert des 4*Town avec ses amies, Ming refuse. Alors, les quatre amies cherchent à acheter leurs billets par elles-mêmes.

Elles prennent des photos du panda
et vendent des produits dérivés.
Malgré leur succès, les filles ne récoltent
toujours pas assez d'argent.
Heureusement, Tyler propose à Mei :
– Viens en panda à ma fête d'anniversaire !
– D'accord, mais ça te coûtera cher !

Ce soir-là, la grand-mère de Mei lui explique qu'elle doit éviter les transformations, ou l'esprit de la bête deviendra plus fort. La jeune fille se déguise donc pour la fête, mais quand Tyler refuse de la payer, elle se change en panda une dernière fois !

C'est alors que les quatre amies apprennent
que le concert tombe le même jour que la lune rousse.
C'en est trop ! Mei est si en colère qu'elle se jette sur Tyler.
– Mei-Mei, stop ! intervient sa mère venue la chercher.

Ming s'excuse auprès des parents de Tyler. Mei se prépare à être grondée, mais sa mère retourne sa colère contre ses amies. Elle les accuse de profiter de sa fille, et cette dernière, honteuse, leur tourne le dos et prend la main de sa mère.

Plus tard, Jin, le père de Mei, la rejoint dans sa chambre.
– Je suis un monstre, soupire-t-elle.
– Nous avons tous différents aspects à notre personnalité. L'essentiel est de ne pas laisser trop de place à ceux qui sèment le désordre, la rassure-t-il.

Le soir de la lune rousse, la famille de Mei prépare le rituel.
– La porte du Royaume Astral restera ouverte tant que brille la lune, explique M. Gao, le chamane qui préside la cérémonie.
Le corps de Mei se met à flotter dans les airs.
Soudain, un éclair jaillit !

Lorsqu'elle ouvre les yeux, Mei découvre un miroir magique. Quand la main de la jeune fille passe au travers, elle aperçoit le fantôme d'un panda. Elle revoit alors tous les bons et les mauvais moments qu'elle a vécus, ces souvenirs qui font d'elle ce qu'elle est.

Mei a pris sa décision : le panda fait désormais partie d'elle !
La famille est surprise de voir l'adolescente revenir du Royaume Astral en panda géant. Elle sort du temple en courant et s'exclame :
– Je vais au concert !

Alors que Mei rejoint ses amies, une voix résonne dans le stade...
– MEI-MEI ! hurle Ming, transformée en panda gigantesque.
Le public s'enfuit en hurlant tandis que le père de Mei la rejoint.
– Il faut refaire le rituel pour sauver ta mère, annonce ce dernier en traçant un cercle au sol.

– Je ne suis plus ta petite Mei-Mei. Et je ne suis pas parfaite ! lance la jeune fille à sa mère en la faisant basculer au sol. Les femmes de la famille se changent alors en pandas et déplacent Ming au centre du cercle.

Dans le Royaume Astral, Mei retrouve sa mère.
Ming comprend enfin que sa fille a grandi et qu'elle
est décidée à garder en elle l'esprit du panda.
– Tu as raison, sois toi-même, dit-elle à Mei.
Je suis fière de toi.

Un mois plus tard, les visiteurs se bousculent au temple pour voir le panda roux géant. Ils achètent des produits dérivés et adorent poser avec Mei. La famille collecte des fonds pour reconstruire le stade qui accueillait le concert.

Avec ses amies près d'elle, Mei sait qu'elle peut être elle-même.
Grâce à tous les aspects de sa personnalité, et surtout
à son panda, elle se sent prête à surmonter tous les défis !

Directeur : Antoine Béon
Responsable éditoriale : Adélaïde Lebuy
Responsable artistique : Thierry Duperray
Graphiste : Glen Le Boulicaut
Édition : Naïma Timzouert
Fabrication : Marine Wiplier
Adaptation des textes : Claire Bertholet
Mise en page : Ying Xu
Relecture : Catherine Rigal

Édité par Hachette Livre – 58, rue Jean Bleuzen – 92178 Vanves Cedex
Imprimé par Macrolibros en Espagne – Achevé d'imprimer : mars 2022
ISBN : 978-2-01-713794-8 – Édition : 01 – Dépôt légal : mars 2022

Loi n°49-956 du 16 juillet 1949 sur les publications destinées à la jeunesse.
Pour tout renseignement concernant nos parutions, nous contacter
par e-mail : disney@hachette-livre.fr

Pour l'éditeur, le principe est d'utiliser des papiers composés de fibres naturelles, renouvelables, recyclables et fabriquées à partir de bois issus de forêts qui adoptent un système d'aménagement durable. En outre, l'éditeur attend de ses fournisseurs de papier qu'ils s'inscrivent dans une dé-marche de certification environnementale reconnue.